Nadja Falkensteiner

Sagen aus den Dolomiten

SPECTRUM

Inhaltsverzeichnis

Das Königsgeschlecht der Fanes

Unter den Felsen der Hohen Gaisl lebte einst eine Anguana, eine Wald- und Wasserfrau, mit ihrem Ziehkind Moltina. Das Mädchen wuchs mit den Murmeltieren auf, lernte mit den Jahren ihre Sprache und verstand es auch, ihre Gestalt anzunehmen.
Eines Tages begegnete Moltina im Wald einem jungen Prinzen. Sie verliebten sich ineinander und Moltina zog bald mit ihm auf sein Schloss und wurde seine Frau. Aufgrund ihrer niederen Herkunft fühlte sie sich aber nicht wohl unter den Adeligen.
Einmal wurde sie von einer neidischen Königin bloßgestellt, und vor Scham flüchtete sie auf den Berg zu den Murmeltieren. Der Prinz suchte sie tagelang und blieb schließlich bei ihr im Wald, da sie nicht mehr mit auf sein Schloss kommen wollte. Und so lebten sie fortan gemeinsam in einer Höhle auf der Hohen Gaisl.
Eines Nachts wurden sie von lautem Getöse geweckt. Der Prinz sah sofort nach dem Rechten und entdeckte in der Ferne ein Heer, das Waffenübungen machte. Er beobachtete die Männer aus einem Versteck heraus und erkannte bald, dass sie vom Kämpfen nur wenig verstanden.
Er fasste sich ein Herz, trat zu ihnen und fragte sie, warum sie zu so später Stunde noch ihre Kampfspiele austrugen. Und ein Krieger erzählte: „Wir gehören zum Volk der Fanes. Eigentlich sind wir sehr friedliebend und verabscheuen den Kampf. Aber ein benach-

bartes Reich hat uns nun den Krieg erklärt. Wir wollen ihnen unser Reich nicht kampflos überlassen, und so üben wir nun Nacht für Nacht, um die bevorstehende Schlacht zu gewinnen."

Der Prinz wollte den unerfahrenen Männern helfen, und da er selbst sehr waffengewandt war, zeigte er ihnen, wie sie ihre Kriegsführung verbessern könnten. Fortan kam er jede Nacht, lehrte sie den geschickten Umgang mit den Waffen und zeigte ihnen allerlei Tricks, wie sie den Feind besser übermannen könnten.

Da ihr König vor kurzem gefallen war, hatten sie niemanden, der sie im Kampf führte, und so ernannten sie den Prinzen kurzerhand zu ihrem neuen Hauptmann.

Mit seiner Hilfe siegten sie in einer erbitterten Schlacht gegen das feindliche Volk und als Dank krönten sie ihn zu ihrem neuen König. Sie bauten ihm ein herrliches Schloss an den Conturines und der Prinz und seine Gemahlin führten fortan ein glückliches Leben.

Da Moltina immer noch sehr mit den Murmeltieren verbunden war, wurde auf die Burgmauer ein großes Murmeltier gemalt und alle Fanes führten das Tier im Wappen.

So vergingen Jahrhunderte und das Volk der Fanes war sehr groß und mächtig. In der Burg an den Conturines herrschte nun ein sehr habgieriger König, dem der unermessliche Reichtum, den er bereits besaß, noch zu gering war.

Eines Tages fing er auf der Jagd einen jungen Adler. Doch bald darauf kam der alte Adler angeflogen, der

sein Junges zurückhaben wollte. Er war aber kein gewöhnliches Tier, denn er hatte Goldkrallen und verfügte über unermessliche Kräfte. So kam es zu einem erbitterten Kampf zwischen dem König und dem Adler, und da keiner der beiden als Sieger aus dem Kampf hervorging, schlug das Tier dem König eine Vereinbarung vor: „Höre mich an, König! Wenn du mir mein Junges zurückgibst, werde ich dir zu mehr Reichtum verhelfen, als du ihn dir erträumen kannst." Und der Adler legte dem König nahe, das Abkommen mit einem Zwillingsbündnis zu besiegeln. Dieser uralte Brauch besagt, dass bei einer Zwillingsgeburt einer der Zwillinge an den Bündnispartner als Geschenk übergeben wird und bei diesem aufwächst.
Der Faneskönig war anfangs erschrocken über den Vorschlag, aber getrieben von seiner Raffgier, willigte er schließlich ein und gab den jungen Adler frei.
Und zur großen Überraschung des Königs gebar die Königin der Fanes bald darauf Zwillinge. Zwei Mädchen, sie hießen Dolasilla und Luyanta. Doch in der nächsten Nacht lag nur noch Dolasilla in ihrer Wiege, Luyanta war verschwunden und an ihrer Stelle lag ein weißes Murmeltier. Der König war außer sich. Aber nicht die Sorge um sein Kind schnürte sein Herz zu. Vielmehr hatte er Angst, dass er den Reichtum verlieren könnte, den ihm der Adler versprochen hatte. Sofort eilte er zu seiner Gemahlin. Doch die Königin wusste von der geheimnisvollen Freundschaft zwischen den Fanesleuten und den Murmeltieren und war nicht sonderlich verwundert über das Geschehene. Der Faneskönig aber war sehr beunruhigt

und erzählte ihr von dem Zwillingsbündnis mit dem Vogel. Vielleicht wusste seine weise Frau Rat.
Die junge Mutter war erschrocken über die Kaltblütigkeit ihres Mannes. Aber dann meinte sie nach langem Besinnen: „Vielleicht hält der Adler das kleine Murmeltier für etwas Besonderes und nimmt dieses mit."
Ein Knappe wurde beauftragt, mit Dolasilla und dem Murmeltier zu einem Berg zu reiten, wo der Adler sich ein Kind aussuchen sollte. Der junge Bursche machte sich sogleich auf den Weg zum vereinbarten Treffpunkt. Der Adler kam auch bald angeflogen und betrachtete die Kinder genau. Er fand, dass das Murmeltier wie ein ganz besonderes Kind aussehe, und entschied sich so für dieses. Aber als er das Murmeltier mitnehmen wollte, erschrak dieses und flüchtete in eine Felsspalte.
Es war inzwischen schon sehr spät geworden und der Knappe machte sich mit Dolasilla auf den Heimweg. Es war eine sehr finstere Nacht und er hatte Mühe, den Weg zu finden. Doch ein noch größeres Unheil wartete auf ihn, denn er traf bald auf den Spina de Mul. Dieser bösartige Zauberer konnte die Gestalt eines halbverwesten Maultiers annehmen und war fast unverwundbar.
Der Spina de Mul stürzte sich auch sogleich auf den jungen Burschen, der in Todesangst um Hilfe rief. Der Knappe hieb mit seinem Schwert auf den Zauberer ein, doch seine Waffe flog ihm mit einem lauten Zischen aus der zitternden Hand. Nun stand er dem Unhold schutzlos gegenüber und wollte bereits ein letztes Gebet gen Himmel schicken. Doch just in dem

Moment stieß der Spina de Mul einen furchterregenden Schrei aus. Der Knappe zuckte zusammen und konnte nicht recht begreifen, was vor sich ging. Dann sah er plötzlich, wie ein Stein nach dem anderen auf den Zauberer niederschmetterte. Ein Duranniknabe hatte den Hilfeschrei des jungen Knappen gehört und war ihm zu Hilfe geeilt. Er hatte Augen wie ein Luchs und so machte ihm die Dunkelheit nicht zu schaffen.
Der Unhold aber ergriff bald die Flucht. Er nannte den kühnen Duranni fortan Ey-de-Net, das Nachtauge.
Bei seiner hastigen Flucht hatte der mächtige Zauberer aber seinen wertvollsten Schatz verloren, die Rayeta, den kostbaren Strahlenstein. Ey-de-Net nahm den Edelstein an sich, und um die erschrockene Dolasilla zu beruhigen, schenkte er ihn dem Mädchen. So konnte der Knappe die junge Dolasilla unversehrt aufs Schloss zurückbringen.
Auch der Adler löste bald sein Versprechen ein und übergab dem Faneskönig sein Junges. Doch als der König bei seinem Heimritt stürzte, flog der junge Adler davon.
Die Jahre vergingen und Dolasilla wuchs zu einer jungen Frau heran.
Ihr Vater, der durch das Bündnis mit dem Adler seinen Reichtum um ein Vielfaches hatte vermehren können, sann nach immer neuen Wegen, um noch mehr Schätze zu erlangen.
Sein größter Wunsch war es, die Aurona zu finden. Das war ein unterirdisches Reich voll mit den herrlichsten Schätzen. Der König, der einst dort lebte, hatte mit dem Herrscher der Unterirdischen den Pakt geschlos-

sen, dass er und sein Volk für immer auf das Tageslicht verzichten würden, wenn er nur ständig neues Gold und andere Schätze finden sollte.
Doch die Aurona war mittlerweile von einem Gebirge verschüttet worden und der Faneskönig konnte sie trotz langer Suche nicht finden.
Eines Tages hörte er vom Silbersee bei Canazei, auf dessen Grund ein Schatz liegen sollte. Er machte sich augenblicklich mit seinem Gefolge und Dolasilla auf den Weg in die Stadt im Fassatal. Doch nach tagelangem Suchen mussten die Männer ihrem König mitteilen, dass sie keinen Schatz finden konnten.
Aber in der Nähe des Sees war ein Bergwerk, in welchem sie Silberbarren, Edelsteine und eine kleine Silberbüchse mit weißem Pulver und einem Stückchen Fell darin aufstöberten. Der König beauftragte die Männer, alles mitzunehmen, und gab die kleine Silberbüchse Dolasilla. Sie wollten sich auch gleich wieder auf den Heimweg machen, da standen plötzlich drei Zwerge vor ihnen. Einer der Zwerge eilte zum König und mit beklommener Stimme flehte er: „Bitte, Herr, nehmt uns unseren Besitz nicht weg! Wir haben sehr lange dafür gearbeitet. Alle Mühen wären umsonst gewesen und wir müssten wieder von neuem beginnen!"
Der König blickte den Zwerg mit kalten Augen an und ritt ohne ein Wort davon. Dolasilla aber wollte die armen Zwerge nicht so zurücklassen und reichte ihnen die Büchse. Die Zwerge waren überglücklich und nahmen die Prinzessin mit zum Ufer des Silbersees. Sie baten sie, das Pulver der Büchse in den See zu schütten, da sie das selbst nicht machen konnten. Dolasilla

erfüllte ihnen ihren Wunsch. In dem Moment, als das Pulver das Wasser berührte, hörte man die Zwerge erleichtert aufatmen. Dolasilla hatte ihnen ihre Freiheit zurückgeschenkt!
Ein Zwerg nahm das verwunderte Mädchen an der Hand: „Der Schatz im Silbersee wird nun bald blühen. Als Dank für deine Hilfe werde ich dir noch einen Rat geben: Lass aus dem Fell und der Büchse ein Panzerkleid anfertigen. Es wird dir übernatürliche Kräfte und Unverwundbarkeit verleihen und du wirst eine große Kriegerin werden. Aber sei gewarnt, bei Gefahr wird sich das weiße Panzerkleidchen verdunkeln und du darfst nicht in den Krieg ziehen!"
Dolasilla erzählte ihrem Vater was sich zugetragen hatte. Und nach ihrer Ankunft auf der Burg ordnete er sofort die Anfertigung des Panzerkleides an; aus dem Silber der Büchse konnten auch noch ein Bogen und zwölf silberne Trompeten angefertigt werden.
Bald darauf wuchs rund um den Silbersee Schilf aus reinem Silber und auf dem Wasser schwammen Seerosen aus den herrlichsten Edelsteinen. Die Gesandten des Königs erkannten, dass man aus dem Schilf Pfeile anfertigen konnte, die ihr Ziel nie verfehlten. Und so ließ der Faneskönig sofort das ganze Schilf auf sein Schloss bringen und es wurden Pfeile für Dolasilla gefertigt.
Er war hocherfreut, dass seine Tochter nun zu einer mächtigen Kriegerin werden sollte, und hieß sie in seinem Heer mitzukämpfen. Dolasilla aber war sehr friedfertig und wollte nicht in die Schlacht ziehen. Doch nach langem Drängen ihres Vaters willig-

te sie schließlich schweren Herzens ein. In den nächsten Kämpfen des Fanesкönigs focht nun auch Dolasilla mit und verhalf ihm zu unzähligen Siegen.
So wurde das Heer der Fanes zu einer unbesiegbaren Kriegsmacht. Als Dank krönte der König Dolasilla auf dem Kronplatz mit der Rayeta, die er in ein prunkvolles Diadem hatte einfassen lassen.
Davon hörte der Spina de Mul, der seinen unbezahlbaren Stein lange vergebens gesucht hatte. Er beschloss, den wertvollen Schatz zurückzugewinnen, und suchte Verbündete, die ihm im Kampf gegen die Fanes helfen sollten. Der habgierige Faneskönig hatte viele Feinde, da er den benachbarten Stämmen große Teile ihres Landes genommen hatte. Aber niemand wagte es, gegen sein Heer zu kämpfen, da es mit Dolasilla an der Spitze unbesiegbar geworden war. Aber der Spina de Mul hatte viel vom tapferen Volk der Duranni gehört, deren König bisher aus jeder Schlacht als Sieger hervorgegangen war. Der Zauberer machte sich auch gleich auf den Weg, um dem Durannikönig von seinem Anliegen zu erzählen. Mit großem Erstaunen stellte er fest, dass Ey-de-Net der neue König der Duranni geworden war.
Spina de Mul hetzte ihn gegen die Fanes auf. Er erzählte vom kaltherzigen König, der sich mit allen Völkern verfeindet hatte, nur um seinen Reichtum zu vergrößern. Ey-de-Net wollte den Nachbarvölkern helfen, und so verbündete er sich mit dem tückischen Zauberer. Sie wollten gemeinsam mit den anderen Stämmen gegen das Fanesheer kämpfen. Dabei sollte der Durannikönig Dolasilla aus dem Gefecht führen. Der Zaube-

rer plante, ihr bei dieser Gelegenheit die Rayeta zu entwenden.
Jedoch wollte Ey-de-Net nicht gegen eine Frau kämpfen, und so beschloss er, unbewaffnet auf die Prinzessin zuzugehen.
Bald darauf fand die große Schlacht statt. Dolasilla ritt an der Spitze ihres Heeres in ihrem hellen Panzerkleid auf das Schlachtfeld. Sofort griffen die Feinde an und es tobte ein erbitterter Kampf. Die Prinzessin hatte bereits viele tödliche Pfeile abgeschossen, als sich vor ihr plötzlich das Feld lichtete und ein junger Mann ihr entgegentrat. Just in dem Moment stieß die Prinzessin einen Schrei aus. Ein Pfeil hatte sie getroffen! Wie war das möglich, wo sie doch unverwundbar war?!
Da sah der Durannikönig den Spina de Mul. Er hatte mit einem vergifteten Pfeil auf Dolasilla geschossen! Wütend über diese Hinterlist, stürzte sich Ey-de-Net auf den Zauberer und schlug ihn nieder.
Der Kampf aber war bald entschieden. Die Fanes waren übermächtig, und so mussten die Angreifer zurückweichen.
Ey-de-Net war in seinen Gedanken fortan nur noch bei Dolasilla. Er war sehr besorgt um sie, da er nicht wusste, wie schlimm es um sie stand. Von Schuldgefühlen geplagt, beschloss er, die Prinzessin von nun an zu beschützen.
Indes war man auf der Fanesburg bestürzt über Dolasillas Verletzung und suchte nach Rat, wie man die Prinzessin fortan besser beschützen könnte. Der König schickte bald einen Gesandten zu den Zwergen des Latemar, um einen speziellen Schild anfertigen zu

lassen. Die Zwerge verrichteten zwar ihre Arbeit, wie ihnen geheißen war, doch als der Schild fertig war, konnte ihn niemand tragen.
Ey-de-Net hörte davon und machte sich sofort auf den Weg ins Schloss der Fanes. Der König stellte mit großer Freude fest, dass der Fremde den Schild mit Leichtigkeit tragen konnte, und so kam es, dass Ey-de-Net fortan an Dolasillas Seite kämpfte.
Mit der Zeit verliebten sich Ey-de-Net und Dolasilla und beschlossen zu heiraten. Dolasilla, die den Krieg immer verachtet hatte, versprach ihrem Verlobten, nur noch an seiner Seite in die Schlacht zu ziehen. Nach der Vermählung wollte sie mit ihm auf sein Schloss ziehen und nie mehr kämpfen. Der Faneskönig aber war empört darüber und wollte die Hochzeit verhindern. Doch er merkte bald, dass er keinen Einfluss mehr auf seine Tochter hatte.
Er war immer noch davon besessen, den Schatz der Aurona zu finden. Doch dazu musste er den Berg umgraben, und dafür bräuchte er tausende Arbeiter. Er zerbrach sich den Kopf darüber, wie er diesen unermesslichen Reichtum erringen könnte, und in einer finsteren Nacht schmiedete er schließlich einen teuflischen Plan.
Am nächsten Morgen ließ er die Könige der benachbarten Stämme versammeln. Mit einem verschwörerischen Blick weihte er die Männer in sein Vorhaben ein: „Ich habe einen Vorschlag, den ihr nicht ablehnen könnt! Ich versuche nun schon seit Jahrzehnten, die Aurona zu finden. Doch da sie verschüttet ist, will es mir nicht gelingen. Wenn ihr mir helft, den Schatz auf-

zuspüren, und mit euren Männern den Berg umgrabt, überlasse ich euch dafür das Fanesreich! Wenn ihr gemeinsam gegen die Fanes in den Krieg zieht, werde ich dafür sorgen, dass Dolasilla nicht mitkämpft. So wird es euch ein Leichtes sein, das Fanesheer zu überwältigen."

Die Könige waren fassungslos und starrten den Faneskönig stumm an. Er musste den Verstand verloren haben!

Doch so konnten sie endlich das Land zurückgewinnen, das sie an ihn verloren hatten, und dazu noch das große Fanesreich!

So willigten sie schließlich ein und besiegelten den Pakt mit einem Handschlag.

Der Faneskönig triumphierte innerlich. Er ritt eilig auf sein Schloss zurück und verbannte Ey-de-Net aus dem Fanesreich. Er war sicher, dass Dolasilla nicht ohne ihren Verlobten kämpfen würde. Der Faneskönig aber verließ heimlich die Burg und versteckte sich auf dem Lagazuoi.

Bald darauf kam die Kriegserklärung der benachbarten Stämme. Der König war verschwunden und Dolasilla wollte nicht ohne Ey-de-Net kämpfen! Alle waren außer sich und wussten keinen Rat. Nach langem Flehen ihrer Familie willigte Dolasilla schließlich ein, doch in den Kampf zu ziehen.

Sie machte sich auf die Suche nach ihrem Verlobten, um ihm den Grund für ihr gebrochenes Versprechen zu erklären. Bald traf sie auf eine Schar armer Kinder, die sie um ihre silbernen Pfeile anbettelten. Die Prinzessin hatte Mitleid mit ihnen und schenkte jedem ei-

nen Pfeil. Doch dies war eine böse List des Spina de Mul und die Kinder gaben die unfehlbaren Pfeile an ihn weiter. Dolasilla suchte noch eine Weile nach Eyde-Net, aber da sie ihn nicht finden konnte, ritt sie schließlich unverrichteter Dinge in die Burg zurück.
Am Morgen der Schlacht war das sonst weiße Panzerkleid dunkel! Die Zwerge hatten prophezeit, dass das ein Zeichen drohender Gefahr sei! Dolasilla aber konnte ihre Familie und ihr Volk nicht im Stich lassen. Und sie zog in den Kampf und damit ins Verderben.
Die Feinde kreisten sie ein und beschossen sie mit den Silberpfeilen, die ihnen der Zauberer gegeben hatte. Immer wieder traf ein tödliches Geschoss die mutige Prinzessin. Dolasilla stürzte vom Pferd und sank zu Boden. Übermannt von starken Schmerzen, verlor sie das Bewusstsein und starb auf dem blutigen Schlachtfeld.
Der Kampf war bald entschieden. Die Feinde waren in der Überzahl und das Heer der Fanes flüchtete. Die benachbarten Stämme hatten das mächtige Fanesheer besiegt. Aber der König hatte den Pakt nicht eingehalten, da seine Tochter in den Kampf gezogen war. Darum schickten sie keine Arbeiter zu ihm.
Und so kommt es, dass der Faneskönig auch heute noch auf dem Berg wartet. Wenn man auf dem Falzarego-Pass (el fautso rego, der falsche König) zum Lagazuoi hinaufblickt, kann man ihn mit seiner zu Stein gewordenen Krone und seinem langen Bart erkennen. Die Königin und ihr Gefolge aber wurden immer noch von den Feinden belagert. Doch die Murmeltiere eilten ihnen zu Hilfe. Sie schickten Dolasillas Schwester

Luyanta, die bei ihnen gelebt hatte, in der Gestalt eines Murmeltiers in das Fanesschloss. Luyanta führte die Fanes in die unterirdischen Gänge der Murmeltiere, wo sie endlich in Sicherheit waren.
In dieser Welt unter der Erdoberfläche leben die Fanes noch heute. Einmal im Jahr bei Vollmond überquert ein schwarzes Boot den Pragser Wildsee. Im Boot sitzen die Königin und Luyanta. Sie warten auf den Klang der silbernen Trompeten, mit welchem die „verheißene Zeit“ beginnen wird, wenn das Reich der Fanes in alter Macht und Größe wieder aufersteht.

Der grüne Spiegel

Vor vielen Jahren lebte der hinterlistige Zauberer Spina de Mul. Er war in die schöne Burgherrin Dona Dindia verliebt und hielt um ihre Hand an. Doch sie erwiderte seine Liebe nicht und fürchtete sich vor dem finsteren Gesellen.

Einige Jahre später heiratete sie einen anderen. Es wurde ein prunkvolles Fest ausgerichtet und zu vorgerückter Stunde erschien plötzlich der Zauberer. Er überreichte der jungen Braut feierlich sein Hochzeitsgeschenk. Es war ein kostbarer grüner Spiegel. „Mit diesem Kleinod kannst du die geheimsten Gedanken aller Menschen lesen, die in den Spiegel hineinschauen. Du wirst viel Freude daran haben!" Mit diesen Worten verließ er das rauschende Fest wieder.

Dona Dindia wollte das Geschenk des Zauberers zuerst nicht annehmen. Sie traute ihm nicht. So lange hatte er um sie geworben und jetzt überreichte er ihr zu ihrer Vermählung ein Geschenk. Dahinter musste eine List stecken!

Doch nach einiger Zeit siegte die Neugier und sie nutzte den Spiegel immer öfter, um die Gedanken der ihr nahestehenden Menschen zu überprüfen. Doch nach und nach wurde sie immer misstrauischer und der Zauberspiegel raubte ihr die Ruhe. Die Burgherrin erfuhr bald, dass er aus den Tränen verlassener Mädchen gemacht war und dass er seinem Besitzer nur Unglück brachte. So verschloss sie ihn in einer alten Truhe, die sie versiegeln ließ.

Doch sie hielt es nicht lange ohne den magischen Spiegel aus. Sie wurde immer argwöhnischer und dachte, nur er könnte ihr helfen, die Wahrheit herauszufinden. So hieß sie die Truhe aufbrechen und nutzte den Zauberspiegel abermals.

Einige Zeit später starb ihr Gemahl. Dona Dindia verfiel über diesen Verlust in große Trauer und eines Tages warf sie den Spiegel, der ihr so viel Unheil gebracht hatte, in einen See auf der Fanesalm. Der See verfärbte sich vom Gift des Zauberspiegels augenblicklich grün. Er wird bis heute der grüne See auf der Fanes genannt.

Da die Frau jetzt wieder frei war, bedrängte der Zauberer sie erneut, ihn zu heiraten. Aber sie verabscheute ihn und wollte nichts von ihm wissen.

Eines Tages brachte er ihr als Geschenk die Rayeta, einen kostbaren Strahlenstein. Doch Dona Dindia wollte ihn nicht haben. Der Zauberer prahlte mit der Kostbarkeit des Steins: „Niemand anderes als ich kann dir so ein wertvolles Geschenk machen. Auch nicht der tapferste Ritter ist imstande, diesen Edelstein zu erlangen! Ich schenke ihn dir, und alles, was ich dafür verlange, ist, dass du meine Gemahlin wirst!"

Die Frau war außer sich vor Wut und fuhr den Zauberer an: „Ich wette, dass eines Tages ein Ritter den Stein erringen kann!" Kaum hatte sie die Worte gesprochen, sah sie, wie ein siegessicheres Lächeln über das Gesicht des Zauberers huschte. Er reichte ihr die Hand und sagte: „Die Wette gilt!" Dona Dindia wollte die Hand zurückziehen und das Gesprochene ungeschehen machen. Aber es war zu spät.

Sie handelten aus, dass ein Ritter innerhalb von sieben Jahren den kostbaren Edelstein erkämpfen musste, dann würde sie der Zauberer für immer in Ruhe lassen. Gelang es aber nicht, sollte sie seine Frau werden. Von nun an lebte die Frau in einem Schloss auf der Gardenaccia, das der Zauberer von einem Drachen bewachen ließ, und in eine Höhle unter dem Schloss legte er den kostbaren Edelstein. Die Burgherrin erkannte bald, dass der tückische Zauberer sie betrogen hatte. Jeder konnte am Drachen vorbeigehen, nur sie konnte das Schloss nicht mehr verlassen, ohne dass sich das Ungeheuer auf sie stürzte.

Indessen lag der grüne Spiegel noch auf dem Grund des Sees. Aber ein Salvan, ein Waldmensch, hatte beobachtet, wie Dona Dindia ihn dort hineingeworfen hatte. Er fischte ihn heraus und schenkte ihn der stolzen Herrin der Gaderburg. Diese erkannte bald den Zauber des Spiegels und konnte mit seiner Hilfe einen Mann finden, der sie von ganzem Herzen liebte. Doch sie war sehr hochmütig und eitel und stellte eine Bedingung an ihn: „Als Beweis für deine bedingungslose Liebe sollst du mir die Rayeta bringen. Erst wenn du mir den Edelstein zu Füßen legst, werde ich deine Gemahlin."
Der junge Mann machte sich augenblicklich auf den Weg und stieß nach langem Suchen auf das Schloss, in dem die Burgherrin gefangen war. Er sah auch gleich den Drachen, der den kostbaren Stein bewachte, und beschloss, vor dem Kampf den Schlossherrn aufzusuchen.

So traf er auf Dona Dindia, die den tapferen Mann sofort in ihr Herz schloss. Schon viele Ritter hatten versucht, sie zu befreien, und alle waren gescheitert. Sie wollte nicht, dass dem unschuldigen Jungen das gleiche Schicksal widerfahre. So erzählte sie ihm ihre Geschichte.
Der Mann aber wollte der traurigen Frau helfen und beschloss, den Kampf mit dem Drachen nicht länger hinauszuschieben.

In der Zwischenzeit erfuhr die Gaderburgerin von dem Untier, das den Stein bewachte, und machte sich sofort auf den Weg zu ihrem Verlobten, um ihn von seinem Vorhaben abzubringen.
Doch der kühne Mann wollte seiner Angebeteten den verheißenen Edelstein bringen und die arme Dona Dindia befreien, und so nahm er den Kampf mit dem Drachen auf. Er trat in die Höhle und das Ungeheuer stürzte sich sofort auf ihn. Immer wieder hieb der junge Mann mit seinem Schwert auf den Drachen ein, aber dieser verfügte über schier unerschöpfliche Kräfte. Plötzlich stürzte sich das Untier auf ihn und der tapfere Kämpfer konnte ihm sein Schwert mitten ins Herz stoßen. Da bäumte sich der Drache ein letztes Mal auf und schlug dem unglücklichen Mann seine spitzen Krallen ins Herz.
Die Frau von der Gaderburg traf zu spät ein und ihr Verlobter starb kurz darauf in ihren Armen. Nun war Dona Dindia frei, der Spiegel hatte jedoch erneut seiner Besitzerin Unglück gebracht.

Das gestohlene Morgenrot

Auf der Dolèdakuppe lebte einst ein König mit seiner wunderschönen Tochter. Doch die Prinzessin war stets krank und schwach und kein Arzt wusste Rat.
Eines Tages begegnete der König auf der Jagd einer Bregostena. Diese wilden Waldfrauen verfügen über allerlei geheimnisvolle Fähigkeiten. Er erzählte ihr von seiner Tochter und sie versprach, ihm zu helfen.
Sie ging mit ihm auf sein Schloss und als sie das Mädchen sah, erkannte sie sofort, dass es unter der tückischen Nachtkrankheit litt. Aber die weise Bregostena wusste, was zu tun war. Sie ließ am See eine kleine Hütte mit einem Balkon, Richtung Sonnenaufgang, bauen. Fortan sollte die Königstochter dort wohnen. Jeden Morgen trug die Waldfrau es auf den Söller und bei Beginn der Morgenröte sagte das Mädchen einen Lichtspruch, den die Bregostena ihm aufgetragen hatte.
Schnell wurde die Prinzessin gesünder, ihre Wangen waren bald rosig und die Augen begannen zu leuchten. Nach vierzehn Tagen war sie so schön und gesund geworden, dass sie kaum wiederzuerkennen war. Der Vater nannte seine Tochter fortan Albolina, kleine Morgenröte.
Nach einigen Wochen wurde die Bregostena plötzlich ernst, und fast drohend klangen die Worte, die sie an Albolina richtete: „Du bist nun geheilt, darum steht es dir nicht mehr zu, den Lichtspruch zu sagen. Wenn du ihn aber dennoch weiterhin sagst, gehen viele Wesen in Wasser, Luft und Erde zugrunde, da auch sie auf

die Kraft der Morgenröte angewiesen sind." Mit diesen warnenden Worten verließ die Bregostena Albolina und kehrte wieder zurück in den Wald.
Die Prinzessin aber war sehr stolz und hochmütig. Sie hatte in der Zwischenzeit an ihrer wachsenden Schönheit so viel Gefallen gefunden, dass sie noch schöner werden wollte, und sagte den Lichtspruch nach wie vor bei jedem Morgenrot. Was kümmerten sie die Wesen in Wasser, Luft und Erde.
Eines Tages kam die Waldfrau wieder. Sie war außer sich vor Wut: „Du hast der Morgenröte nun schon zu viel Kraft entzogen, darum musst du gegen Sonnenuntergang den Nachtspruch sagen, um das gestohlene Licht wieder freizugeben!" Albolina hörte zwar genau zu und merkte sich auch den Spruch, aber sie war sehr eitel und ihr Hochmut war groß. Sie wollte nichts von ihrer Schönheit abgeben und sprach den Nachtspruch nicht, den ihr die Bregostena aufgetragen hatte.
Eines Tages, als Albolina ihren Vater und sein Gefolge auf die Jagd begleitete, geschah das Unvermeidbare. Ein fürchterlicher Sturm brach los und alle eilten davon, um sich in Sicherheit zu bringen. Albolina aber war vom jähen Gewitter so überrascht, dass sie für einen kurzen Augenblick wie gelähmt war. Plötzlich kam ein starker Windstoß, der sie mitriss. Ehe sie begreifen konnte, was vor sich ging, war sie in den Händen von seltsamen Gestalten – den Wesen aus Wasser, Luft und Erde!
Sie schleppten das Mädchen über Hügel und Berge, durch Wälder und Flüsse. Albolina vergaß in ihrer Todesangst endlich ihren Stolz und versprach, kein Mor-

genrot mehr zu stehlen. Doch niemand antwortete ihr.
Mit dem Schlag eines Blitzes erschien die Striòna, die Oberhexe, und zerrte Albolina auf einen schmalen Felsvorsprung auf einer steilen Felswand. Die Hexe befahl ihr erneut, den Nachtspruch zu sagen. Die Prinzessin wurde jedoch wieder trotzig und eitel und entgegnete, dass sie den Spruch niemals sagen würde. Mit einem kalten Blick musterte die Hexe das Mädchen, bis ihre roten, funkelnden Augen sich schlossen und sie mit all den anderen Wesen verschwand. Im selben Augenblick verstummte auch das Tosen des Sturms. Sie hatte Albolina versteinert! Nun war es zu spät, Albolina konnte sich weder rühren noch fühlen.
Plötzlich stand die Bregostena neben ihr. Das Mädchen beschwor sie, ihr doch zu helfen. Die Waldfrau aber entgegnete: „Du kannst jetzt nur noch gerettet werden, wenn du selbst jemandem das Leben rettest." Nachdem sie diese Worte gesprochen hatte, verschwand sie wieder.
Albolina blieb allein zurück. Sie verbrachte fortan viele Tage und Monde allein auf dem Felsvorsprung und nur die Yarines, die sanften Wasserfrauen, kamen vorbei und brachten ihr Tau, damit sie den Winter überstehen konnte.
Eines Nachts wurde sie mit einem Male von einer Männerstimme geweckt. Als sie angestrengt hinhörte, erkannte sie, dass sie von der gegenüberliegenden Felswand kam. Der Mann rief um Hilfe, er musste abgestürzt sein und am Felsen hängen! Aber da es noch tiefe Nacht und finster war, konnte Alboli-

na ihn nicht sehen. Sie dachte schnell nach, wie sie ihm helfen könnte, und da fiel ihr die gestohlene Morgenröte wieder ein. Sie sprach hastig den Nachtspruch und im selben Augenblick erstrahlte ein rosiges Licht, mit dessen Hilfe der Mann bald wieder Halt fand und sich retten konnte.

Verwundert über das Geschehene und das geheimnisvolle Mädchen auf der Felswand und dankbar für die Hilfe, wollte nun auch er seiner Retterin helfen und machte sich auf die Suche nach ihr.

Bald darauf traf er auf einen Reiter, es war Albolinas Vater. Der junge Mann erzählte dem erstaunten König, was ihm widerfahren war, und gemeinsam machten sie sich auf die Suche nach dem Mädchen.

In der Zwischenzeit war Albolina durch ihre Selbstlosigkeit endlich befreit worden und wanderte auf dem schmalen Pfad an den Felsen entlang. Sie war sehr müde und erschöpft und als sie sich kurz ausruhen wollte, schlief sie ein.

So fanden sie die zwei Männer. Albolina fiel ihrem Vater überglücklich um den Hals, und als sie dem jungen Mann in die Augen blickte, wurde ihr ganz warm ums Herz. Die drei ritten zurück aufs Schloss.

Albolina und ihr Retter wurden bald darauf getraut und lebten fortan glücklich und zufrieden.

Die Prinzessin aber hatte viel gelernt und war bis zu ihrem Lebensende nicht mehr stolz und hochmütig.

Die Latemarpuppen

Die Zacken des Latemar wirken bei näherer Betrachtung wie eine Reihe von zierlichen Figuren und so kommt es, dass der Grat von vielen die „Puppenprozession“ genannt wird. Wie die Latemargruppe zu ihrem Aussehen kam, erzählt folgende Geschichte.

Vor geraumer Zeit weideten einige Hirtenkinder ihre Herden auf den Almen des Latemar. Es wurde bereits dunkel und sie wollten gerade ihre Tiere talabwärts treiben, als ein Unbekannter sich ihnen näherte: „Ich habe mein Messer verloren, hat es vielleicht jemand von euch gesehen?“, fragte er sie. Keines der Hirtenkinder hatte das Messer gesehen, aber sie halfen ihm sofort beim Suchen. Doch leider konnten sie es nicht finden.

Da es immer später wurde, machten sie sich daran, ihre Herden talabwärts zu treiben. Als sie schon ein gutes Stück gegangen waren, sah Mènega, ein junges Hirtenmädchen, plötzlich etwas glitzern. Es lief sofort hin – und tatsächlich: es war ein wunderschönes Messer. Sie dachte, dass es das Messer des Unbekannten sein müsse, nahm es und rannte damit schnell talaufwärts. Bald hatte sie den Mann eingeholt und gab ihm das Messer zurück. Er war überglücklich und sprach: „Als Dank, dass ihr Kinder mir so fleißig beim Suchen geholfen habt, werde ich euch morgen ein paar Puppen mitbringen. Und jeder kann sich die Puppe aussuchen, die ihm am besten gefällt. Nun mach dich aber schnell auf den Heimweg. Um diese Zeit trifft man hier oft auf allerlei düstere Gestalten.“

Mènega wurde ganz rot vor Freude und Aufregung und machte sich beschwingt auf den Heimweg. Sie war noch nicht weit gekommen, als sie auf eine alte Frau traf, die ihr allerlei Fragen stellte. Das Mädchen erzählte ihr voller Freude, was sich gerade zugetragen hatte. Da schaute sie die alte Frau mit großen Augen an: „Ich kenne den Mann. Er ist ein reicher Venediger. Er hat auf dem Berg eine große Höhle mit seinen ganzen Schätzen. Da du ein liebes Mädchen bist, werde ich dir noch etwas verraten. Die Puppen, die er hat, sind zweierlei. Er hat schöne Puppen mit bunten Kleidern. Aber er hat auch sehr wertvolle Puppen mit Samt- und Brokatkleidern, mit Krönchen und Ketten. Er wird euch morgen sicher die einfachen Puppen zeigen, da er ein alter Geizhals ist. Aber wenn du willst, dass er auch die wertvollen Puppen herausrückt, brauchst du nur dieses Sprüchlein zu sagen: „Ihr Puppen aus Stein mit den seidenen Lumpen, bleibt droben und schaut euch den Latemar an!“
Mènega merkte sich das Sprüchlein genau, obwohl sie sich sehr unwohl dabei fühlte. Sie wollte nicht undankbar sein.
Am nächsten Tag machten sich die Kinder wieder auf den Weg, um ihre Herden auf die Alm zu treiben. Alle waren fröhlich und aufgeregt, da ihnen Mènega bereits erzählt hatte, was geschehen war. Nur Mènega war nicht froh. Immer wieder gingen ihr die Worte der alten Frau durch den Kopf. Und sie hatte schon jetzt keine rechte Freude mehr an den Puppen, da sie unbedingt eine Puppe mit Krone und einem Brokatkleid haben wollte.

Unzufrieden machte sie sich an den Aufstieg und immer wieder spukte ihr das Sprüchlein durch den Kopf. Als die Kinder oben waren, kam auch bald der Mann und hinter ihm schritt eine Schar Puppen. Mènega aber hätte am liebsten laut aufgeschrien. Keine Krone und kein Schmuck! Es waren nur ganz normale Puppen! Aber so leicht würde sie den Mann nicht davonkommen lassen. Sie würde ihn dazu bringen, auch die kostbaren Puppen herauszurücken.

Und schnell sprach sie das Sprüchlein, das ihr die alte Frau beigebracht hatte: „Ihr Puppen aus Stein mit den seidenen Lumpen, bleibt droben und schaut euch den Latemar an!“

Kaum hatte sie die Worte gesprochen, begann ein Tosen und man hörte lautes Gelächter. Die Puppen verwandelten sich augenblicklich zu Stein.

Die Kinder bekamen einen Riesenschreck und liefen entsetzt talabwärts.

Der Mann aber ward nie mehr gesehen.

Die Nixe vom Karersee

Vor geraumer Zeit lebte im Karersee die schöne Nixe Ondina. Sie verbrachte viele Stunden am Ufer des Sees und sang die herrlichsten Lieder und die Vögel lauschten ihr dabei wie gebannt.
Ein böser Zauberer, der im Wald wohnte, wollte sie zu seiner Frau nehmen. Aber sie hatte Angst vor seinem aufbrausenden Wesen und fürchtete sich vor seiner schwarzen Magie. Immer wieder hastete er zum See, wenn sie am Ufer saß, aber sobald sie ihn herbeilaufen sah, schwamm sie geschwind davon.
Da versuchte es der Zauberer mit einer List. Er verwandelte sich in einen Fischotter, der sich an Land und im Wasser fortbewegen kann, und plante Ondina so einzufangen. Als sie zur Mittagszeit am Rande des Sees war, schlich er sich heran. Aber die Vögel bemerkten ihn, und weil sie die Nixe mochten, warnten sie sie durch lautes Zwitschern. Schnell verschwand sie im See. Der Zauberer sprang ins Wasser und schwamm ihr nach. Aber Ondina war viel schneller und hatte ihn bald weit hinter sich gelassen. Er tobte vor Wut und wusste keinen Rat mehr.
Darum ging er zur mächtigen Hexe Striòna und bat sie um Hilfe. Sie lachte über seine Dummheit und entgegnete: „Du musst viel geschickter vorgehen. Wenn du dich anschleichst oder zum See rennst, schöpft die Nixe sofort Verdacht und verschwindet im Wasser. Aber ich will dir einen Rat geben. Zaubere einen Regenbogen über den See. Frauen sind neugierig. Die Nixe wird kommen und ihn anschauen. Verkleide dich

dann als Krämer und trage allerhand Schmuck und Edelsteine mit dir. Sie wird dich fragen, ob du ihr deine Schätze zeigst."
Der hinterlistige Zauberer machte sich sofort ans Werk und zauberte einen schönen Regenbogen. Die Nixe kam bald angeschwommen und betrachtete ihn neugierig. Der Zauberer aber vergaß in seiner Freude den guten Rat und rannte so schnell er konnte zum See. Ondina sah ihn herbeilaufen, erschrak und schwamm augenblicklich davon. Wütend über seine eigene Dummheit, nahm der Zauberer den Regenbogen und warf ihn in den See.
Daher kommt es, dass der Karersee in allen Farben des Regenbogens schimmert.

König Laurin und sein Rosengarten

Vor langer Zeit hauste in den Felsen des Rosengartens, wo sich heute das „Gartl" ausbreitet, der Zwergenkönig Laurin mit seinem Volk. Er besaß unzählige Schätze und einen unterirdischen Palast aus Bergkristall. Er konnte es mit jedem aufnehmen, da er nicht nur einen Zaubergürtel hatte, welcher ihm die Kraft von zwölf Männern verlieh, sondern auch eine Tarnkappe, die ihn unsichtbar machte, wenn er sie aufsetzte. Der ganze Stolz des Zwergenkönigs aber war sein wunderschöner Rosengarten, der von einem Seidenfaden umzäunt war. Wehe dem, der es gewagt hätte, den Seidenfaden zu zerreißen oder gar eine Rose zu zertreten. König Laurin hätte ihm die linke Hand und den rechten Fuß abgeschlagen.

Doch bei allem Reichtum fehlte dem König doch etwas sehr Wichtiges: eine liebenden Frau an seiner Seite.

Eines Tages hörte er, dass der König an der Etsch eine Maifahrt ausrufen ließ. Sieben Tage sollten die Kampfspiele dauern und dem Sieger bei den Fecht- und Reitwettspielen wollte der König seine schöne Tochter Simhilde anvermählen. Die Tage vergingen, doch Laurin erhielt keine Einladung zur Maifahrt. Erzürnt beschloss er, versteckt mit seiner Tarnkappe teilzunehmen.

Die Spiele neigten sich bereits dem Ende zu. Die beiden Recken Hartwig und Wittrich führten den entscheidenden Kampf, als man plötzlich das Verschwinden von Simhilde bemerkte. Schnell stand fest, dass König Lau-

rin sie entführt haben musste, und Hartwig und Wittrich schworen, sie zu befreien.
Aber da sie den Kampf nicht allein gegen den mächtigen Zwergenkönig aufnehmen konnten, baten sie den berühmten Fürsten Dietrich von Bern um Hilfe.
Bald darauf machten sich Hartwig, Wittrich, Dietrich von Bern, sein Waffenmeister Hildebrand und andere Recken auf den Weg zu König Laurins Rosengarten.
Dort angekommen, zerriss Wittrich wütend den Seidenfaden und zertrat einige Rosen. Sofort kam König Laurin im Zwölfmanngürtel angeritten, entschlossen, dem Übeltäter die linke Hand und den rechten Fuß abzunehmen. Doch Dietrich eilte dem Recken zu Hilfe und ein erbitterter Kampf begann zwischen ihm und dem Zwergenkönig. Der Fürst war sehr kräftig und äußerst gewandt im Umgang mit dem Schwert und so konnte ihn der aufgebrachte König trotz seines Zaubergürtels nicht besiegen. Doch da streifte sich Laurin seine Tarnkappe über. Der Fürst konnte gegen den unsichtbaren Zwergenkönig nichts mehr ausrichten. Immer wieder schlug Laurin mit seinem Schwert erbarmungslos auf Dietrich ein, und dieser schien schon fast besiegt.
Doch da rief der weise Waffenmeister Hildebrand seinem Herrn den klugen Rat zu: „Beobachte die Bewegungen des Grases. So siehst du, wo Laurin steht, und kannst ihm den Zaubergürtel zerreißen!"
Und tatsächlich, Dietrich achtete genau auf das Gras und schnell entdeckte er König Laurin. Er zerriss ihm den Gürtel und überwältigte ihn.
Das Zwergenvolk, das den Kampf beobachtet hatte, brach beim Anblick ihres besiegten Königs in Tränen aus.

Just in dem Moment öffneten sich die Felsen und Simhilde erschien mit einer Gefolgschaft von Dienerinnen. Sie bat Dietrich, König Laurin zu verschonen, da er sie immer gut behandelt habe. Da ließen die Recken Milde walten und reichten dem Zwergenkönig die Hand.
Überglücklich lud dieser sie in sein Reich ein und zeigte ihnen seine Schätze. Er ließ ein großes Fest für sie ausrichten und bewirtete sie großzügig.
Doch der Zwergenkönig wollte Simhilde nicht wieder mit den Recken ziehen lassen und so überfielen die Zwerge zu später Stunde Dietrich und seine Gefährten. Da diese nicht damit gerechnet hatten, konnten die Zwerge sie schnell besiegen. Sie legten die Recken in Ketten und sperrten sie in ein dunkles Kellerverlies.
Die Wut über diese Hinterlist verlieh Dietrich große Kräfte und es gelang ihm, sich und seine Gefährten zu befreien. Die Recken besiegten die Zwerge und nahmen König Laurin gefangen, der keine Zeit mehr hatte, seine Tarnkappe überzustreifen.
Hartwig brachte Simhilde zurück zu ihrem Vater, und dieser vermählte sie bald darauf. König Laurin aber war außer sich vor Wut und verfluchte seinen Rosengarten: „Die Rosen haben meine Feinde zu mir geführt! Ohne den Garten hätten sie mich nie gefunden! Fortan soll niemand mehr die Rosen sehen, weder bei Tag noch bei Nacht!“
Den Rest seines Lebens verbrachte der Zwergenkönig in Gefangenschaft beim Fürsten von Bern. Aber in seiner Wut hatte er bei seinem Fluch die Dämmerung vergessen. Und so kommt es, dass der Berg auch heute noch bei Dämmerung im Rosenschimmer glüht.

Die bleichen Berge

Es lebte einst ein reicher Königssohn. Sein Vater herrschte über ein großes Reich und viele Mägde und Knechte sorgten dafür, dass es dem Prinzen an nichts fehlte. Doch er war immer rastlos und unglücklich. Nächtelang saß er am Fenster und konnte den Blick nicht vom Mond abwenden. Schon seit Jahren hatte er den Wunsch, einmal auf den Mond zu reisen und seine Schönheit nicht mehr nur aus der Ferne zu betrachten. Der König und sein Gefolge schüttelten darüber nur den Kopf und versuchten den jungen Prinzen mit allerlei Festen und Kampfwettspielen wieder für die weltlichen Freuden zu begeistern. Doch der Königssohn konnte seine Sehnsucht nicht loslassen. Und so streifte er tage- und nächtelang durch das Land, auf der Suche nach jemandem, der ihm weiterhelfen konnte.
Eines Abends legte er sich nach einem langen Ritt auf einer Wiese zum Schlafen nieder und träumte, dass er der Mondprinzessin begegnete.
In diesem Augenblick erwachte er. Enttäuscht, dass es nur ein Traum gewesen war, wollte er sich auf den Heimweg machen. Doch da hörte er laute Männerstimmen, die vom nahe gelegenen Berg zu kommen schienen. Neugierig machte er sich an den Aufstieg. Auf dem Gipfel war es sehr finster und trotz des Mondlichts vermochte er kaum die eigene Hand vor den Augen zu sehen. Aber die Männer schienen sehr nahe zu sein. Plötzlich stolperte er und fiel gegen ein seltsames hartes Ding. Es hatte eine kleine Öffnung und als der Prinz hindurchschlüpfte, gelangte er in einen kleinen

Raum, in dem zwei alte Männer saßen. Sie waren ganz in Weiß gekleidet und hatten eine sehr blasse Haut. Doch sie schienen nicht verärgert über den unerwarteten Besuch. So nahm der verwunderte Prinz seinen ganzen Mut zusammen und fragte sie, wer sie seien. Und zu seinem großen Erstaunen antworteten sie: „Wir kommen vom Mond und wollten uns just wieder auf den Heimweg machen und unserem König Bericht von der Erde erstatten." Der Prinz war außer sich vor Freude und flehte die Mondmänner an, ihn mitzunehmen. Und nach langem Bitten und Betteln willigten sie schließlich ein. Aber sie warnten ihn: „Das Licht auf dem Mond ist so hell und weiß, dass es für die menschlichen Augen, die nicht daran gewöhnt sind, gefährlich werden kann. Bleib nicht zu lange dort, sonst könntest du erblinden. Und nimm keinen Mondbewohner mit auf die Erde!"

Mit diesen mahnenden Worten machten sie sich in Begleitung des Prinzen auf den Weg zum Mond. Nun war er endlich am Ziel all seiner Wünsche! Die neue Welt erstrahlte in hellem Licht und der Prinz war wie benommen von ihrer Schönheit.

Er traf auch bald auf den Mondkönig und seine wunderschöne Tochter. Die Mondprinzessin hatte schon viel von der Erde gehört und konnte sich nichts Aufregenderes vorstellen, als den grünen Planeten mit seinen bunten Blumen, hohen Bergen und dichten Wäldern. Fortan verbrachten der Prinz und die Prinzessin unzählige Stunden zusammen. Er erzählte ihr von der Erde und sie erzählte vom Mond. Schnell entflammten seine Gefühle für sie. Und auch sie war dem Prinzen

sehr zugetan. Bald darauf heirateten sie und ihr Glück schien perfekt. Jedoch litten die Augen des Prinzen unter dem hellen Weiß des Mondes. Schon viel zu lange hatte sein Aufenthalt hier gedauert und er befürchtete, sein Augenlicht zu verlieren. Deshalb kehrte er mit seiner Gemahlin zurück auf die Erde und sie lebten zusammen auf seinem Schloss.
Die Zeit verging und der Prinz war sehr glücklich, doch die Mondprinzessin wurde mit der Zeit immer stiller und zurückgezogener, auch verschwand das zarte Rot auf ihren Wangen.

Eines Tages vertraute sie sich dem Prinzen an: „Mein geliebter Gemahl, ich habe schreckliche Sehnsucht nach meiner Heimat und nach dem hellen Weiß auf dem Mond. Die dunklen Berge und Wälder auf der Erde machen mir große Angst.“ Ihre Gesundheit litt immer mehr und auch die besten Ärzte wussten keinen Rat.
Davon hörte der Mondkönig. Schnell reiste er auf die Erde und nahm seine Tochter wieder mit in ihre Heimat. Der Prinz wollte seine geliebte Frau nicht alleine fahren lassen, und so begleitete er sie und verbrachte einige Wochen auf dem Mond. Aber wieder ging es seinen Augen immer schlechter und er musste schweren Herzens ohne seine Frau zur Erde zurückkehren.
Da der Prinz und die Mondprinzessin nicht zusammen sein konnten, wurde der Königssohn verbittert und irrte oft allein durch die Wälder seines Reiches.
Eines Nachts verkroch er sich bei einem fürchterlichen Gewitter in einer Höhle und traf dort auf einen Zwer-

genkönig. Er berichtete ihm von seinem Unglück. Auch der Zwerg hatte ein schweres Leid zu tragen und klagte dem Prinzen, dass er und sein Volk kein Reich hätten und niemand ihnen Unterschlupf gewähren wollte. Der Prinz bot ihm an, im Reich seines Vaters zu leben.

Der Zwergenkönig konnte sein Glück nicht fassen. Als Dank versprach er, ihm und der Mondprinzessin zu helfen.

Eines Nachts versammelte der Zwergenkönig sein Volk und mit Hilfe von Mondfäden zauberten sie die dunklen Berge weiß.

So kommt es, dass die Dolomiten ihre weiße Farbe haben. Die Mondprinzessin aber konnte wieder auf die Erde zurückkehren und sie und der Prinz lebten glücklich bis an ihr Lebensende.

Wanderungen und Ausflüge

1. Das Königsgeschlecht der Fanes

Der Wanderweg führt durch den sagenumwobenen Naturpark Fanes-Sennes-Prags, das Reich der Murmeltiere.
Anfahrt:
Im Pustertal zwischen Welsberg und Niederdorf die Abzweigung zum Pragser Wildsee nehmen und bis zum See weiterfahren.
Einkehrmöglichkeiten:
Grünwaldhütte, Tel. 339 6661335;
Hochalmhütte; (beide Hütten bewirtschaftet)
Hotel Pragser Wildsee, http://www.lagodibraies.com, Tel. 0474 748602.
Schwierigkeitsgrad:
Leichte Wanderung, Höhenunterschied ca. 600 m, Gesamtgehzeit ca. 5 Std.
Variante 2:
Schwierig. Gesamtgehzeit ca. 8 Std.
Wegbeschreibung:
Die Wanderung beginnt am Pragser Wildsee (1.494 m), der an seiner Westseite umgangen wird. Dann nach rechts auf dem Weg Mark. 19 in das Grünwaldtal abbiegen. Es folgt ein leichter Anstieg bis zur Grünwaldalm (1.590 m) und von dort weiter bis zur Hochalmhütte (2.114 m). Ab der Hochalm ca. 250 m der Forststraße folgen und dann nach rechts abzweigen (Mark. 6). Den Weg bis zum Hochalmsee fortsetzen.
Anschließend wieder auf demselben Weg zurück.

Variante 2 für besonders geübte Wanderer:
Den Weg auf dem Steig Mark. 6 bis zur Lapaduresscharte fortsetzen. Dort der Mark. 61 bis zur Kaseralm folgen. Dann geht es auf dem Weg Mark. 20 zurück zum Pragser Wildsee.
Tipp:
Am Bootshaus am Pragser Wildsee können für eine Seerundfahrt hölzerne Ruderboote geliehen werden.
Kartenempfehlung: Tabacco 031.

2. Der grüne Spiegel

Eine Wanderung zum Grünen See auf der Fanesalm.
Anfahrt:
Im Pustertal bei St. Lorenzen die Abzweigung ins Gadertal (Alta Badia) nehmen. Bei der Ortschaft Zwischenwasser weiter nach Pederü.
Einkehrmöglichkeiten:
Lavarellahütte, http://www.lavarella.it
Tel. 0474 501079;
Faneshütte, http://www.rifugiofanes.com
Tel. 0474 501097;
(in beiden Hütten Schlaf- und Essmöglichkeit).
Schwierigkeitsgrad:
Leichte Wanderung. Höhenunterschied ca. 500 m.
Aufstieg ca. 2 ½ Std. Gesamtgehzeit ca. 3 ½ Std.
Wegbeschreibung:
Von Pederü (Gasthaus) geht es auf dem Weg Mark. 7 oder dem Forstweg leicht bergauf nach Klein-Fanes. Dort im

Talboden befindet sich die Lavarellahütte (2.042 m), nahe dem Grünen See (Le Vert, 2.043 m). Die Wanderung geht weiter hinauf zur Faneshütte (2.060 m).
Der Rückweg erfolgt auf dem Weg Mark. 7 oder dem Forstweg.
Kartenempfehlung: Tabacco 031.

3. Das gestohlene Morgenrot

Eine Langkofelumrundung durch die „Steinerne Stadt".
Anfahrt:
Von Klausen auf der Staatsstraße 242 durch das Grödental zum Sellajochhaus (beim Sellajoch).
Einkehrmöglichkeiten:
Hotel Sellajochhaus, Tel. 0471 795583;
Demetzhütte, Tel. 0471 795050;
Langkofelhütte, Tel. 0471 792323;
(in beiden Hütten Schlaf- und Essmöglichkeit);
Schutzhaus Emilio Comici, Tel. 0471 794121.
Schwierigkeitsgrad:
Mittelschwere Wanderung.
Höhenunterschied ca. 500 m.
Gesamtgehzeit ca. 4 Std.
Variante 2:
Leichte Wanderung.
Gesamtgehzeit ca. 2½ Std.

Wegbeschreibung:
Vom Sellajochhaus (2.180 m) auf dem Weg Mark. 525 zur Demetzhütte (2.618 m). Von dort immer dem Weg folgend zur Langkofelhütte (2.253 m). Weiter auf Mark. 526 zum Schutzhaus Emilio Comici (2.153 m). Dann, unter den Felswänden vorbei, durch die „Steinerne Stadt“ zurück zum Sellajochhaus (Mark. 526).
Variante 2:
Mit dem Gondellift Langkofelscharte (ca. 15 Min.) zur Demetzhütte. Und von dort weiter wie beschrieben.
Gondellift Langkofelscharte: Tel. 0471 795175.
Kartenempfehlung: Tabacco 05.

4. Die Latemarpuppen

Eine Wanderung über den Latemar.
Anfahrt:
Autobahnausfahrt Bozen Nord und weiter ins Eggental nach Obereggen. Dort zur Talstation des Sesselliftes Oberholz.
Einkehrmöglichkeit:
Latemarhütte, Tel. 0462 501564 (Schlaf- und Essmöglichkeit).
Schwierigkeitsgrad:
Mittelschwere Wanderung.
Höhenunterschied ca. 700 m.
Gesamtgehzeit ca. 3 Std.

Wegbeschreibung:
Mit dem Lift Oberholz (Dauer ca.10 Min.) zur Bergstation (ca. 2.000 m). Dann dem Weg Mark. 18 folgend zur Gamsstallscharte (2.560 m) und auf dem Weg Mark. 516 zur Latemarhütte (2.671 m). Der Markierung weiter folgen bis zum Latemarhöhenweg (Mark. 22) und auf diesem zurück zum Sessellift Oberholz und Abfahrt nach Obereggen.
Sessellift Oberholz: *Tel. 0471 618200.*
Kartenempfehlung: Tabacco 029.

5. Die Nixe vom Karersee

Ein Spaziergang durch den Karerwald zum Karersee.
Anfahrt:
Autobahnausfahrt Bozen Nord, weiter ins Eggental und bei Birchabruck zum Bewallerhof.
Einkehrmöglichkeiten:
Hotel Bewallerhof, http://www.bewallerhof.it,
Tel. 0471 615729;
Würstelstand bei Karersee.
Schwierigkeitsgrad:
Leichte Wanderung.
Gesamtgehzeit ca. 3 ½ Std.
Wegbeschreibung:
Ab dem Bewallerhof auf dem „Templweg" (Mark. 8) durch den Karerwald zum See. Anschließend auf dem Hinweg wieder zurück.

Variante 2:
Rückweg auf Weg Mark. 8 bis zum Weg Mark. 14 und auf diesem zurück zum Bewallerhof.
Kartenempfehlung: Tabacco 029.

6. König Laurin und sein Rosengarten

Über den Hirzelweg durch den Rosengarten.
Anfahrt:
Autobahnausfahrt Bozen Nord, ins Eggental Richtung Karerpass. Beim Gasthaus Alpenrose (nach Karersee) zum Paolina-Sessellift.
Einkehrmöglichkeiten:
Paolinahütte, Tel. 0471 612008;
Kölner Hütte, http://www.rifugiofronza.com,
Tel. 0471 612033;
Frommeralm, http://www.frommeralm.com,
Tel. 0471 612184;
Gasthof Jolanda, http://www.jolanda.it,
Tel. 0471 612246;
(in allen Hütten Schlaf- und Essmöglichkeit).
Schwierigkeitsgrad:
Leichte Wanderung.
Höhenunterschied ca. 500 m.
Gesamtgehzeit ca. 4 Std.
Wegbeschreibung:
Auffahrt mit dem Sessellift (Dauer ca. 10 Min.) zur Pa olinahütte (2.125 m). Auf dem Weg Mark. 539 geht es

bis zum Denkmal zum Andenken von Dr. Theodor Christomannos zurück und dann auf dem Hirzelweg (Mark. 549) weiter bis zur Rosengartenhütte (2.339 m), die auch Kölner Hütte genannt wird. Nun folgt der Abstieg zur Frommeralm und auf dem Weg Mark.1c geht es zum Gasthof Jolanda (1.774 m). Von dort der Straße folgend zurück zur Talstation.

Variante 2:

Von der Rosengartenhütte mit dem Sessellift „König Laurin 2" (ca. 15 Min.) zur Frommeralm und dann zurück wie oben beschrieben.

Paolina-Sessellift: Tel. 0471 612112.

Sessellift Laurin II: 0471 612184.

Kartenempfehlung: Tabacco 029.

7. Die bleichen Berge

Autorundfahrt – die große Dolomitenrundfahrt.

Anfahrt:

Wir beginnen unsere Fahrt in der Landeshauptstadt Bozen. Die Rundfahrt kann aber in allen Orten begonnen werden, die auf der Strecke liegen.

Fahrtstrecke: ca. 240 km.

Wegbeschreibung:

Von Bozen führt die Fahrt ins Eggental nach Welschnofen und, vorbei am Karersee (1.530 m), zwischen dem Rosengarten und dem Latemar weiter zum Karerpaß (1.753 m).

Nach Vigo di Fassa geht es nahe der Marmolata nach Canazei. Nun folgt die kurvenreiche Auffahrt zum Pordoijoch (2.239 m) mit einem überwältigenden Blick auf die nahe liegenden Berge.
Der Straße weiter folgend, geht es nach Buchenstein (Arabba), vorbei am Col di Lana (2.462 m), dem Mahnmal des Ersten Weltkrieges, bis zum Falzaregopass (2.105 m). Vom Pass führt die Fahrt zwischen Croda a Lago und den Tofana-Spitzen nach Cortina.
Die Rundfahrt geht weiter unter dem Cristallo zum Misurinasee, nahe den Drei Zinnen, und durch Schluderbach (Carbonin) bis nach Toblach. Der Straße folgend geht es durch das Pustertal, vorbei an der Hauptstadt Bruneck, bis nach Franzensfeste.
Hier kann man auf die Brennerautobahn fahren (A22 – Einfahrt: Brixen – Ausfahrt: Bozen Nord) und an den Ausgangspunkt Bozen zurückkehren.
Kartenempfehlung: Tabacco Dolomiten-Tirol.

Tourismusvereine

http://www.pragsertal.info, Tel. 0039 0474 748660
http://www.sanvigilio.com, Tel. +39 0474 501037
http://www.rosengarten-latemar.com, Tel. 0471 610310
http://www.valgardena.it

Nützliche Links

http://www.wanderfuehrer.it, Tel. 0471 978141
http://www.dolomitesworld.com
http://www.alpenverein.it
http://www.suedtirolerland.it
http://www.suedtirol.info

Kartenübersicht unserer Wandervorschläge

1. *Wanderweg Naturpark Fanes-Sennes-Prags*
2. *Wanderung zum Grünen See auf der Fanesalm*
3. *Langkofelumrundung durch die „Steinerne Stadt"*
4. *Wanderung über den Latemar*
5. *Spaziergang durch den Karerwald zum Karersee*
6. *Über den Hirzelweg durch den Rosengarten*
7. *Autorundfahrt – die große Dolomitenrundfahrt*

Ausschnitt aus „Dolomiti – Tirolo • Dolomiten – Tirol“, 1:500.000

Mit freundlicher Genehmigung des Tabacco-Verlages (Autorisierung Nr. 1109) – www.tabaccoeditrice.com

Dank an

Sarah Falkensteiner,
Vera Schwienbacher,
Iris Falkensteiner und
Tobias Ausserhofer.

Sagen von K. F. Wolff,
nacherzählt von
Nadja Falkensteiner
www.nadjaf.com
nadja@nadjaf.com

Fotos
Nadja Falkensteiner

Grafische Gestaltung
Astrid Fleischmann

Karte
Verlagsanstalt Tabacco

Druck
Athesiadruck, Bozen

ISBN 978-88-6011-073-2

2010 · Zweite Auflage

www.athesiabuch.it
spectrum@athesia.it